KB138937

너는 아름다움에 대해 생각한다

창작동인 뿔

동인의 말

나의 미래는 분명 내 것인데도 마음대로 되지 않습니다. 그 사실이 종종 나를 슬프게 합니다. 내 미래는 느립니다. 느린 주제에 반성이 없습니다. 문밖을 나설 용기도 없으면서 슬픔만 있습니다. 가끔은 친구들이 문을 두드립니다. 그들은 복도에 서서 나를 기다립니다. 나는 느린 속도로 외출을 준비합니다. 그들을 따라 나갑니다. 그들과 내가 함께 만든 몇 권의 책에는 이런 구절이 있습니다.

뒤돌아봐, 우리가 얼마나 멀리 왔는지.

2024년 여름
창작동인 뿔

너는 아름다움에 대해 생각한다

차례

1부 멀어지는 해를 보며 우리는 계속해서 웃고 떠들지

작은 숲에서	13
오브제와 너	14
산책과 대화	15
백치와 드릴	18
로즈	19
흰	22
겨울 영혼	24
첫	26
인공 정원	27
여름 영혼	28
미래 서사	30
회복	34
프리즘	35
2인칭	36
몇 개의 여름이 지나가고	38
해변에서	40
리버스	44

2부 우울하고 아름다운 휴일들이 몽땅 쏟아지는 바람에

사랑은 여름의 천사   47

스무 살   48

환   50

맥시멈   51

하목과 샤흡   52

영원   58

네가 너에게 너의 얼굴을 마음을   60

아름다운 건 우리의 버릇   62

한   64

동시대   65

다음 미래   66

혼   70

카운트다운   71

팔레트   74

시티 보이   76

반사광   80

we all love young   82

세계가 계속해서 무너지는 동안에……   84

리얼리티   85

3부 폭설이에요 이토록 하얗고 차가운 곳을 나 혼자

레이어   89

주마등   92

연인들   94

빈집   96

양아치   97

역사 2   100

죽은 자에게 음악을   102

흰 비 아래 능소화 홀로   104

무성 영화   105

흰 국화가 시들 때까지   106

몽유   107

프랙탈   110

분할 화면   112

겨울밤   113

장지   114

교하   116

에세이

미래 선언   118

해설

가짜 마음을 덧칠하면 풍경처럼 미래가 온다

─성현아 (문학평론가)   122

뿔은 미래를 지향하는 창작동인입니다.

1부
멀어지는 해를 보며
우리는 계속해서 웃고 떠들지

작은 숲에서

개로 환생한 어머니가 꿈에 나타났다
내가 제멋대로 굴 때쯤 당신은 서른이었다
얼마 후 젊은 부부는 크게 싸우고
어린 내가 보험회사 송년회에서 춤추는 장면
아이는 자라서 낙엽을 쓸며
사랑을 고백하네
어떤 날은 물속에서 빛이 너울대는 해면을 바라보
았네
잠이 부풀고
사랑하는 개가 두 발로 무덤을 파고 있었다
고개를 치켜들고 울부짖었다

오브제와 너

너는 밤 골목을 걷는다.

유난히 걸음이 빠르다고 너는 생각한다. 너는 풍경이 뒤로 물러나는 것을 본다. 너는

밤 골목을 걷는다. 너와 함께 밤이 걷는다.

골목은 달리지 않는다. 너는 행인과 취객이 어울리는 것을 본다. 너는 누군가의 타액을 본다. 너는 대리석에 누운

아이를 본다. 너는 열기에 대해 생각한다. 너의 몸은 식어 가고

너는 어둠보다 인간이 더 많은 장면을 본다. 너는 빈 병을 보고 관악기를 떠올린다. 너는 너의 입술 모양을 가늠한다. 너는

밤 골목을 걷는다. 너는 인파 속에 있다. 너는 함정 같던 지난날을 복기한다. 너는 엎어진다. 너는 취객이 깨뜨린 맥주잔을 본다. 너는 확산과 감염을 사랑한다. 너는 흩어진다. 너는 밤 골목을 걷는다. 너는 지난날로부터 걷는다. 너는 밤 골목을 잊는다.

산책과 대화

거위가 목 놓아 울고 있다
사육장에서
전쟁을 원하는 자는 따로 있어
북쪽에는
북쪽 정서가 있고

사람들이 기웃대고 있다
근린공원 입구에
경찰이
통제선을 치고 있다

이곳을 지날 때면
언제나
널 떠올렸어
아무것도 달라지지 않는다고 생각하면

 별나다 이상하다 난 내가 부끄러워 내 무능을 탓하
는 데 세월을 허비했지

그리고 기다렸어
아주 오랫동안

창가에 앉은 두 사람이 말없이 칼국수를 먹는다

아주아주 희미해지면 우리
어떻게 되는 걸까

재난에 대해 말할 때면
숫자가 앞서지

해가 잘 드는 곳에 씨앗을 많이 심었다

천 년 된 나무는 사실 일 년의 삶과 나머지의 죽음으
로 자란 거래 하나의 삶이 얼마나 많은 죽음을 돌보는
지 알겠어?

이것 봐

물이끼가 빽빽해

뱀이
수풀 속으로 사라졌다
뱀의 아름다움을 보았다면

백치와 드릴

너는 중력과 함께 익사자를 동경한다.

검은 물을 들여다보는 너는 곡예사의 그림자와 함께 달아난다.

너는 미래와 불안을 점친다. 노래하듯 연설하듯 유언인 듯 체념하듯 말하는 너는 자물쇠를 수집한다.

동양의 마술과 열대의 폭력.

너는 거리의 명예를 받들고 시대의 교육을 넘어서면 빛이 있다고 믿는다.

손바닥을 내어 주는 나무처럼. 가을날의 낙과처럼. 여러 갈림길 중 하나의 계절을 산책하기. 밤에서 낮으로 걸어가는 체스 말을 배신하기. 식물의 불안과 수채화를 겹쳐 놓기. 너는 열린 적 없는 문고리를 잡는다.

너는 조류의 눈을 통해 너를 본다.

너는 산양의 눈을 통해 너를 본다.

로즈

얼어붙는다.

잊고 싶은 장면이 재생된다. 밤이다.
그리고 골목입니다.

기이한 일이지?

*

불을 원하지 않았다. 총구에서
장미가 피어난다고 말하고 싶지 않아서.

한겨울에 손잡기.
귓속말로 대화하기.
인적 드문 곳에서 포옹하기.
입김이 무얼 닮았는지
번갈아 말하기.

꽃잎은 왜 바람보다 무거울까.
인간은 서로에게 그만 가라앉을 수 있는 걸까.

서로를 위해
더 나은 사람이 되자고.

*

더 나은 사람이 된다는 것.

기이한 일이지?

온전한 타인이었던 사람이
다시 온전한 타인으로 돌아가기까지.

너는 혼자 골목을 걷는다.
너는 혼자 골목을 걷지 않았었다.

체온 공유하기.

*

"아아, 춥다." 네가 중얼거리는데 대답이 없다.

입김이 번지면
골목의 형상. 포옹하는 연인.

미로는 반복을 사랑하는 걸까?

  그래, 장미라고, 지금 보니 장미를 닮았다고…… 너는
그 말을 발음하지 않는다.

흰

무수한 여름이 있어
해가 길어질수록 가벼운 그림자들
언제라도 우리를 놓치고 흩어질 듯이
죽지 않는
유원지에 모여 수런거리고 다들 본인 몫의 그림자를
지니고 있다
각자의 자리에서 수풀 너머를 살핀다
그늘이 그림자를 안고 있다 그것은 생명이 깃들었다
는 뜻
이 시간의 빛은 매일 마주해도 서먹하다 너처럼 투명
하고 따듯하게 번져서
물속에서 사람들의 웃음소리를 듣는 것 같다
사랑하는 사람들이 모두 살아 있어 다행이야
멀어지는 해를 보며 우리는 계속해서 웃고 떠들지 서
로의 그림자를 잊은 듯이 그것이 없어도 괜찮을 수 있다
는 듯이
수풀이 지나치게 환하여
초목 뒤에 흰

하늘

겨울 영혼

네가 울음을 터뜨렸다.

영원에 관한 이야기들.

길고양이가 다리 사이를 오가며 뺨과 이마를 비볐다. 사랑 같은 건 몰랐을 때였다.

네가 씻는 동안 나는 식탁에 앉아 식은 피자를 먹었다. 다음 날 짐을 챙겨 버스 터미널로 향했다. 빌려준 잠바는 결국 받지 못했다.

창가에 앉아 다 타 버린 생각을 뒤적였다.

짝사랑하던 선배의 애인은 영화감독이었다. 선배는 시사회 사진을 보여 주며 손끝으로 그를 가리켰다.

열차가 강을 건넜다.

편지를 몇 통 받았지만 이사하면서 버렸다. 뒷주머니
에 넣은 머리핀 장식이 깨졌다.

나를 미워하고 있을 때도 미래는 계속 생겨났다.

첫

우리가
사랑이라 믿은 건 어쩌면
집으로 돌아가고 싶은 마음과
비슷한지 몰라

영원히 취할 줄 알았는데
잠들기도 전에
너와 나를 앞질러 가
아무런 이상함 없이 저 멀리

인공 정원

너의 방은 레바논에서 자란 나무들의 집합, 헐벗은 조각상의 아라베스크, 눈먼 이의 심장.

너의 개는 몽상처럼 누워 있다.

너는 아름다운 것을 만들었다. 가짜 마음은 거짓말과 다르다.

너의 개는 거울 속에서 반대로 누워 있다. 미치지 않은 풍경이 싹둑싹둑 잘려 나갔다.

여름 영혼

열린 창으로 여름 영혼이 실려 온다

야근을 마치고 온 너는
작업복을 벗어 땀을 말리고 있다

저린 팔다리를 주무르며 휴대전화를 열어도
스팸 문자 하나 없다

냉면을 먹으며 종영한 드라마를 보다가
겨자를 씹어 울음이 난다

지난해 여름휴가 캠핑에서는 라면을 끓였지
그때도 수프를 많이 넣었다

글러브를 끼고 공을 주고받은 순간들
처음으로 혼자 자전거를 타게 되었을 때의 환호성

함께 웃어 주던

너는 철거 예정 아파트에서 나를 기다리다 잠들어
있다

사실 여름과 영혼 둘 다 잘 모르겠다고
중얼대다가 눈을 뜨면

초여름이고 대낮이고
무궁화호가 영등포역을 지나 한강을 건너는 중이다
어둡고 넓은 물을 배경으로
이제 그만 일어나야 한다

그 아래 너무 외로운 빛들이 눈앞에 번져서

뒤늦게 걸음을 떼는 파도와 우리는 누구보다 많이 닮
았다 네 생각을 할 때마다 햇살에 깊이 베여 왔다

미래 서사

보고 있습니다
보고만 있어요
아무것도 하지 않는다는 구절이 여러 번 눈에 띄네요
염려되지만
알아서 잘하시겠죠

시간 나면 전하려 했는데
네가 힘들 때 신경 쓰지 못해서
미안해
……
나타나지 않는다
시간은

*

광주에서 만난 안젤리나는 말레이시아 사라와 지역
에서 태어나 시인이 됐다
사전을 옆에 두고

제국의 언어로 적힌 그의 첫 시집을
떠듬떠듬 읽으며
캄보디아 학살터를 지난다
내가 나기 전부터 나는 공모자였다
그 사실을 알기까지 너무 오래 걸렸다
나의 모국어에는
갑자기 문득 불현듯 같은 단어가 많아서
미처
생각할 겨를도 없이
나도 모르는 사이……
제국을 받아 적었으나
폭력은 더 큰 폭력을 부르고

국경을 넘는 버스에서
소년은 창가 자리에 앉아
팔짱 끼고
잠이 들었다
움찔거리다 깨며

또 잠들었다
잘 지내고 있지?

선배는 고향을 버리려고 애썼으나 고향은 검질기게
선배를 옭아맸다
반백 년 전 이 도시는 진압군에 의해 완전히 포위되었다

수많은 거리와 건물이 대부분 사라졌지만
잡풀로 뒤덮인 골목길 끝
옛집,
도시의 층층이 한꺼번에 펼쳐지고 또 포개지며
죽은 자가 산 자의 몸을 빌리고

금빛 아름다운 잔에 담긴 술은 시민의 피요
옥쟁반에 담긴 귀한 음식은 시민의 기름을 짠 것이니
사랑 사랑 내 사랑아

정복자는 선주민의 의식뿐 아니라 무의식까지 지배한다

불안을 부추기고
군수업을 키우고
군대를 조직하는 방향으로 몰아넣는다

좀비의 몸 좀비의 마음 좀비의 마을 좀비의 도시 좀
비의 나라
국경을 감시하는 경비대
다 알면서
세상은 흉흉하고
하늘은 푸르고
모두 욕심이 많아 흐릿하다

세월 가듯
멀구나
한심한 영혼처럼 멀리 있구나

국경을 넘을 때
순한 눈이 내려도 좋을 것이다

회복

오랜만에 바깥을 걸었다. 발에 대해 조금 알게 되었고.

바깥에 대해 조금 알게 되었다. 계절이 바뀌고 이제 사람들은 피부를 드러내지 않았다.

발이 작아진 걸까. 맞지 않는 신발을 신은 것처럼. 사람들과 처음 걷는 것처럼.

음악을 듣지 않았는데 귀가 자랐다.

한낮에는 빛이 많았다. 바깥이 무성했다.

아무도 나를 쳐다보지 않았지만 나는 모든 것을 보고 있었다.

프리즘

물 밖에서 개가 물을 본다.

물속에서 짖는 개의 울음이 들리지 않는다.

고인 물에는 전투가 없다. 물속에 있는 개와

물 밖에 있는 개와 물에 비친 개가 요동치지 않는다.

개는 드넓은 호수와 바다를 구분하지 못한다.

오리가 물속으로 머리를 처박았다가 꺼내는 걸 보면
서도.

어선이 드나들지 않는 곳에서도.

개는 수면에 비친 개를 본다.

물결이 개를 지웠다가 생성하기를 반복한다.

2인칭

네가 있는 곳에 너의 아름다움만 존재하는 줄 알았다.
너의 옆에는 내가 있었다.

물과 새로움이다. 너는 연못 주변으로 앉아 있는 사람들을 본다. 분수는 인공조명과 함께 연못을 완성하고 있다. 너는 물의 아름다움에 대해 생각한다. 허벅지 크기의 잉어들이 떼로 몰려다닌다. 아이들은 잉어 밥을 주거나 연못에 침을 뱉는다. 너는 새로운 아름다움에 대해 생각한다. 잉어는 소원을 삼키거나 동전을 토해낸다. 너는 잉어의 갈증에 대해 생각한다. 너는 물에 대해 생각한다.

너는 돌계단에 앉는다. 너는 돌의자에 앉는다. 너는 옆구리에 책 한 권을 끼고 있다. 너는 너의 책에 몰래 책갈피를 꽂은 이가 누구일지 생각한다. 밑줄 친 문장은 연못을 바보처럼 보이게 만든다: *물과 새로움이다. 너는 연못 주변으로 앉아 있는 사람들을 본다.* 너는 침수에 대해 생각한다. 너는 연못 저 깊은 곳에서 잠든 오래된 잉어에 대해 생각한다. 그 잉어는 너무 많은 동전을 삼킨 뒤다. 그 잉어는 너무 많은 소원을 토해낸 뒤다. 과거 사람들은 연못에서의 소원을 잊은 지 오래다……

네가 물의 악몽을 꾸었을까. 나는 연못 주변에 앉아

졸고 있는 너를 본다. 인파 속에서도 너는 발견된다. 너는 잠에서 덜 깬 눈으로 잉어들의 행방에 대해 묻는다. 나는 이제 어두워져 잘 보이지 않는 연못을 가리킨다. 너는 몇 개의 꿈을 가지고 싶냐고 묻는다. 너의 질문은 나를 백치로 완성하고 있다. 나는 연못이 너무 많은 물을 품고 있다고 생각한다. 나는 세 개의 손발을 원한 적이 없다.

몇 개의 여름이 지나가고

주먹을 쥔 채 거울을 마주한다

짙푸른 숨을 고른다 목화밭에 목화를 심고 여름이
피어나기를 기다리듯이

다음이 있다면
잘할 수 있다

보험금으로 밥을 짓고 세금을 내고 이 집에서 잠들
수 있다

두 번 다시 누군가 죽는 시는 쓰고 싶지 않다

그릇을 씻어 말리며 이를 악문다
며칠 전부터 오른편 이가 시린데
치과에 다녀오면 생활비가 남을지 헤아려 본다

집 앞 폐차장 빈터에

부러진 비닐우산이 쓰러져 있다
앞산 능선을 따라 피어 있던 꽃들은 모두 어디로 가
버린 걸까

벽과 벽 사이 어지럽게 매달린 천이나 옷가지 아래
소파에 누워 어두운 천장만 쳐다본다

손끝을 펼쳐 그림자를 만들면 나비 떼가 사브작거리
다 스러진다
눈을 감으면
새의 사체

고가도로에 구급차가 멀어져 간다

느리게 날아가는
비행기의 붉은빛

해변에서

시시한 걸 좋아해요
이곳에서 나온 이야기는 이곳에만 머물러요
별일 없이 지냈습니다

옆집에서 울부짖는 소리가 났다
옆집 사람은 화장실에서
낮잠이 든 모습이었다
경찰과 구급대원이 신속히
현장을 정리했다

하루 새 머리카락이 다 셌다 흰 개가 검은 개를 쫓았다
꿈을 오래 꾸었다

형은 기계 인간이 되고 싶어 했다
네가 떠나면 너무 외로울 거야
점심때면 새가 창틀에 앉았다 갔다

죽음은 썩지도 않고

자고 일어났는데 베개가 피로 다 젖어 있었다
뺨이 붉었다

*

구불구불
산길을 넘어왔지
사랑해
몸에 꼭 맞는
가죽 소파
갈색
졸음이 몰려온다
파도가 부서진다
네가 유리 조각을 주워
유리병에 담는다
머리칼이 바람에 날리고

스위티
전쟁에는 찬성할 수 없어
그 마을은 한날에 제사를 지내지

육신은 무너져요 그런데 진리가 견고합니까
나는 기도하고 있어요
두려움을 고백하며

햇빛이 도로를 가로질러 사람들을 비춥니다
국경을 넘는 사람들
나의 사랑아
헤아릴 수 없는 슬픔아

방을 얻을 수 있을까요?
여기 머물던 사람은 몇 주 전에 떠났어요

어떤 사랑은 뒤늦게 밀려옵니다

나의 욕망 나의 모순 나의 기질 나의 전통은 죽은 자
에게서 왔습니다 그들의 어조와 형식과 리듬을 비틀어
파괴된 땅에 심습니다

　의미는 뒤에 옵니다
　인간이 제멋대로 정하는 거죠

　옆 반 애가 죽었대
　네가 자면서 발가락을 꼬물거렸다

리버스

나의 개를 향해 팔을 벌린다.

이리 온, 하면 나의 개는 달려온다.

나의 개는 짖지 않고 이웃을 사랑한다. 꼬리를 잘 흔드는 나의 개.

잠들면 네 개의 발을 휘젓는다. 달리는 꿈을 꾼다.

나는 관념에 대해 생각하지 않았다. 물을 마시고 나면 목이 말랐다.

그런데도 가끔 귀신이 보였다.

2부
우울하고 아름다운 휴일들이
몽땅 쏟아지는 바람에

사랑은 여름의 천사

서로를 보면
열이 오른다 자취방 창가로 불어오는 여름
높이 들어 잔이 넘치도록 마시는 여름
거리에 쏟아지는 여름이
마음을 와락 적신다
어느 날은 햇살 아래 빛나는 너의 웃음이
여름이구나
내가 사랑하는 것이 이러한 여름이라 얼마나 다행인지
우리의 여러모로 비슷한 일상이
뜨거운 시절이라는 사실을
두 번 다시 돌아오지 않을 순간을 기억하자
이 여름이 우리의 첫사랑이니까
이제 시작이니까
너와 함께 있으면 내 삶이 다 망쳐질 것 같다는 예감
이 들어 그래서
네가 좋아

스무 살

숲에서 잃은 길이
흰 숨을 몰아쉬어

돌 위로 얽힌 나무뿌리같이
손끝이 스치고

일어나서는
간밤 선하게 펼쳐진 낙원을 덧그리려 해 봐도 마음처
럼 되지 않는다

젊음만 믿고 섣불리 색을 칠하고 번지는 우리였다
눈부시도록 새파란
피로 씻으며

이대로 죄 달아나면 어쩌나 움켜쥘 수밖에 없던
살아 있는 동안 순례하듯 서로를 들여다보자 약속한
아침이 바래 가고 있다

몸살이 가볍게 왔다 가듯

새 떼가 친다

환

그렇습니까. 창문이 풍경을 잃으면 벽이 된다고. 너는 너의 결함이 담긴 상자를 찾으려 애쓴다. 태양의 빛이 두꺼비를 삼키는 게 아니라 반대로 그러하듯이. 너는 사람들에게 바보처럼 보이길 좋아한다. 나의 경험에 따르면 너는 지혜가 있음에도 불구하고. 불투명한 창문 위로 빛이 번진다. 하나의 빛이 여러 색채를 가진다. 잔을 비우고 취할 때면 눈 닿는 곳마다 무지개가 떠 있다. 너는 그것이 무슨 소리냐고 묻는다. 그것을 잘 볼 수 있음에도 불구하고.

맥시멈

너의 입가에 과육이 묻어 있다. 너는 과일을 잊는다.

너는 입을 상상할 때마다 혓바닥을 잊는다.

새 떼가 젖은 책에 앉아 있어도 놀라지 않는다. 깃털을 쓸어도 새가 사라지지 않는다.

바닥이 바닥이라는 사실을 잊을 때까지.

전구는 전방위로 빛을 펼쳐낸다. 너는 수다스러운 사람이 아니고 심장의 역할을 사랑한다.

너는 철 양동이에 물을 받는다. 너는 물의 색에 대해 생각한다.

하목과 샤홉

다리는 일 년 내내 공사 중이고

멀리멀리 돌아
하천을 건넜다

너는 네가 자란 마을이 얼마나 작은지
천변에서
옆집과 그 옆집,
그 옆집에서 태어난 아이들이
얼마나 먼 곳으로
먼먼 곳으로 떠났는지 말해 주었다

네가 살던 마을은 이제 없고
어린 너도 우물에 빠져 죽었다
붉은 진흙으로 메운 자리에
어쩐지 눈이 트고
푸른빛 도는 새가 밤을 물고 날아와
낡은 집 벽면에 흙과 지푸라기를 쌓고 쌓아

집을 짓고 알을 낳고
새끼를 길렀다는데

다리 밑에 모인 노인들이 테이블을 펴고 화투를 치고
있었다

기웃거리다가

반동분자가 되어
동무들은 봉쇄된 지역에서 어떤 일이 일어났는지 모
른다고
알면서도 모르는 척한다고

돌고 돌아
어느새 제자리였다

어떻게 할래
좀 더 걸을까

다리는 일 년 내내 공사 중이고

선배는 종이에 가득 적힌 쉼표들을 보며 깔깔 웃었지
나는 새빨간 귀
동아리방을 뛰쳐나갔지
그렇게 십 년이 지나고
농구 코트 스탠드에 앉아
그때 종이에 적은 것을 곰곰 생각하다
그 책이 떠올랐고
천천히 기울어지는 한 사람과 그의 무의식과 우울하
고 아름다운 휴일들이 몽땅 쏟아지는 바람에
나는 그만 젖고 젖어서
불을 들여다보다
소매가 홀랑 타 버린 사람처럼
자리를 뜨고 말았지

북미北美에 가서 살고 싶다고?

국가의 평화와 안정을 위해 수백 명의 목을 벨 수 있
다고 말한 독재자는 죽기 전까지 군림하며 사람을 죽였
다 그가 뇌출혈로 쓰러져 얼마 후 사망했을 때 너는 내
게 편지를 보냈지만 전해지지 않았다
　한국은 경쟁이 심하고 피부색이 다른 이들을 경계한
다고
　나는 네 그릇에 음식을 덜어 주었다
　그곳에 가서 무슨 일이든 하며 살고 싶다고
　말하는 너

　길 끝에서 누가 부른다

　선생님, 이거 암 아니죠?

　가난한 자는 왜 먼저 죽는가 당신은 어디서 태어났는가
　넘자 넘자 그 고개
　어서 넘자

너는 너무 자책하는 경향이 있어
네 삶을 희생양 삼아 무엇을 말하고 싶은 거야?

한 가족이 서로 손잡고 강을 건넌다 인간의 몸이 어
둠 속에 잠긴다
어둠의 속도
어린아이가 작은 인간의 어깨에 올라타 있다

어머니가
어머니의 어머니보다
나이를 먹고
종일 텔레비전 틀어 놓은 채
중얼중얼
누워
여기가 천국이고 여기가 지옥이네
독백할 때
어머니의 삶을 훔친 자가 나라는 걸 알았다

내가 자란 마을은 이제 없고

다리는 일 년 내내 공사 중이고

영원

오래도록
한 사람과 한 사람으로 살아온
두 사람은
영원이 무엇인지 알게 될 것입니다
서로의 밤과 아침이 조금 더 소중해질 것입니다
서로의 심장이 뛰는 일을 지금보다 훨씬 간절히 여길
것입니다
해처럼 빛나는 웃음소리와
손 틈 사이로 새어 나가는 시간마저
아끼게 될 것입니다
하얀 꽃과 푸른 하늘이 솟구칠 때 눈동자가 시릴 것
입니다
두 사람이 마주 보는 순간이 평생과 같을 것이고
두 사람은 어쩌면 아무것도 끝나지 않을 수 있다는
믿음에 벅차오를 것입니다
서로의 영혼이 서로를 뒤흔들거나
상대의 우주로 떨어지거나
가끔 두려워지더라도

두 사람은 이제 한 사람으로 함께합니다

서로의 슬픔을 안아 주고

부모의 기쁨을 이해하고

아이와 아이가 만나 어른으로 자라는 장면 속에 우리 모두가 머무릅니다

세상에서 가장 아름다운 첫걸음을 환하게 축복하고 있습니다

영원이 드디어 시작되는 것입니다

영원히

네가 너에게 너의 얼굴을 마음을

그리고 이제 밤이 온다. 너는 너의 것이 아니라는 듯 그림자를 바라본다.

어떤 방식으로 밤이 깊어지는 것일까. 너는 어둠에 잠긴 너의 팔다리를 본다.

잔디가 밤의 들판에서 춤춘다.

잔디가 밤의 들판에서 추는 춤은 보이지 않는다.

너는 밤의 들판에서 지구 반대편 사람에게 편지를 적는다. '……우리가 비록 다른 하늘 아래에 있더라도 같은 마음이기를 바랍니다.'

너는 문장을 소리 내어 읽는다.

같은 마음이기를 바랍니다.

너는 다른 하늘 아래라고 적었지만 같은 하늘 아래에 있다는 걸 알고 있다. 그 사실은 세계가 애정하는 아주 작은 비밀 중 하나이다.

이제 잠들기를 거부한 별자리가 기울어지는 시간이다. 아름답지 않은 이야기가 부모에게서 아이로, 연인에게서 연인에게로 퍼져 나갈 것이다.

울퉁불퉁 레몬의 표면을 만진다. 너는 레몬과 레몬

껍질의 질감에 대해 생각한다.

달이 떠오른다.

달이 떠오르자 너의 두 눈에도 두 개의 달이 떠오른다.

환영처럼

너는 팔다리를 천천히 움직인다. 그림자의 팔뚝이 앙상하게 펼쳐져 있다.

너는 너의 마음이 너의 것인지 확신할 수 없다.

들판은 그림자를 가질 수 없으나 잔디는 자신의 것을 들판에게 넘겨준다.

너의 그림자가 밤의 들판에서 춤춘다.

너의 편지에 의하면 너는 밤이 조금 무섭고 어지럽다.

아름다운 건 우리의 버릇

구름 그림자가 테니스 코트를 서서히 칠하고 좋아하는 아티스트의 신곡이

바닷바람에 스러지지 어설프게 탄 피부를 식히고 있어 옅은 색 머리카락이 날려 기온마저 쉬어 가는 기분으로

청량음료에 가득 채운 얼음과 하릴없이 부딪히는 한낮을 마시며

수학여행을 떠나온 중학생같이 시푸른 평일이야

해변 도로를 가로질러 무단횡단하고

우리는 캐딜락이 비행하는 뮤직비디오와 함께 자랐으니까 어깻죽지를 보닛처럼 돋운 채 백사장을 어지르다

쓸려 가

흰 새와 검은 새로 나란히 날아가자

살아서 안을 수 없을 지난여름도 해마다 부서질 걸
다 알면서 헤엄치고 있었지

등대가 너의 송곳니를 비출 때까지

한

어두운 지구본을 감싸 안은 채 믿을 수 없는 신의 계획 따위를 헤아려 본다

이번 생에도 나만 살아서 부끄럽다

교복을 벗자 한낮이 온다
교실의 선풍기가 녹스는 동안 외벽을 타고 이끼가 물든다 펜스 너머로 휩쓸려 가는 새 떼
풍향계가 흐트러지도록

머무르면
무성한 계절이 지그시 희박해진다 죽은 것과 가져갈 수 없는 마음들은 왜 닮았을까

흐린 날에도 발이 젖지 않았다

동시대

　땅에 사는 동물 가운데 97퍼센트가 인간과 가축이
래, 나중에는 인간과 인간이 길들인 생명만이 남게 될지
도 모른대, 나머지 야생의 유전자를 얼려 냉동고에 모아
둔다는데, 이 땅이 인간을 가만둘 거라고 생각해?

다음 미래

1

아이들은 열차에서 한낮이 꿈을 청하는 모습으로 잠 든다. 기적 소리에도 분노로 물들지 않는 해바라기. 작열 하는 신기루에도 사람들은 다음 열차를 기다린다.

2

세상 모든 책을 낱장으로 찢는 인간. 뒹구는 페이지 위에 서 있는 인간. 한 시간에 한 장씩 줍는 인간. 하루마 다 24장 분량인 책 한 권을 만드는 인간. 고전적인 불안 을 학습하려는 인간. 과거의 신비와 총체를 이해할 수 없 는 인간. 멀리서 봐도 비극인 인간. 멀리서 보면 더 작은 인간.

3

나는 네가 쏘아 올린 눈보라 속에 있다. 그것은 지구 최초의 인간이 사랑한 풍경이거나 지구 최후의 인간이 마주할 풍경이다. 내가 아름답게 바라본 형상들이 나를 아름답게 만드는 모순 속에서. 지구 최초의 풍경은 인간

이 아니지만 지구 최후의 풍경은 인간이 될 것이다. 뙤약
볕도 없이 눈보라가 그치고 물이 되어 흐른다. 네가 두
팔 벌린 물보라 속에 내가 잠긴다.

4

끝나지 않는 마음은 동정 때문이다. 어른이 아이를
망치자 아이는 복수를 학습한다. 어른이 된 아이가 아
이를 망치자 망각이 작동한다. 상처가 나면 상처가 따뜻
해진다. 피가 흐르면 피가 식는다.

5

열차가 지나간다. 꿈이 질주한다. 선로는 뜨거워진다.
선로는 차가워진다. 열차가 선로를 이탈한다. 꿈이 주인
을 뒤흔든다. 아이들이 와르르 쏟아진다.

6

한낮에도 어젯밤 꿈이 이어지듯이. 한낮에도 어젯밤
꿈을 이어 꾸듯이. 한낮에도 어젯밤이 뛰쳐나오듯이.

7

개 혈액형의 종류는 인간의 것보다 다양하다. 개는 여러 종류의 혈액형을 동시에 가질 수 있다. 개는 자신을 지키기 위해 이빨을 보인다. 개는 이빨로 다른 것을 물어 죽일 수도 있다. 어렸을 적에 우리는 살찐 개에게 이름을 붙여 주었는데, 그 이름이 무엇이었는지 정확히 기억에 없고, 다만 우리보다 현명했던 자가 개의 이름을 새로 붙여 주었던 것이 기억에 남아 있다. 인간에게 붙이는 이름을 개에게 주면 금세 병들 거라는 이유도 함께. 누가 먼저 시작이라고 할 것도 없이 우리는 서로를 인간의 것이 아닌 이름으로 부르기 시작했다. 인간은 여러 종류의 혈액형을 동시에 가질 수 없다. 그러나 지금 생각하니, 당시 나는 개와 같은 공존 가능한 혈액형을 믿었으며, 네가 그 살찐 개의 발목에 붕대를 감으려다 물렸을 때, 그때 피 흐르는 너의 손등을 내가 핥았다. 그 이후로 살찐 개는 보이지 않았다. 너는 너를 지키기 위해 살찐 개를 죽였을 수도 있었다. 나는 너에게 살찐 개의 행방에 대해 질문할 수 있었다. 그러나 나의 질문은 다음과 같았다. 그 개도 너의 피를 조금은 핥았을까?

8

궁수자리 밑에서 너는 빛의 과거를 바라본다. 모든 빛이 인간을 통과한 적이 있다는 상상을 떠올리지 않는다. 이제 잘 거지? 맞아. 늦은 밤이니까. 그러자 어둠이 있었다.

혼

먼지 쌓인 화점 옆에 내려 둔 흑돌과 칠이 벗겨진 정 글짐과 아스팔트에 뒤집힌 오토바이 뒷바퀴처럼

순환선이 환승역으로 향하고 있다 뼈대가 드러난 굴 삭기 앞에서 팔뚝을 매만져 본다

요즈음은 한 번 깨면 다시 잠드는 데 애를 먹는다거 나 약통을 쥐고 주의 사항을 정독한다거나 가끔 목이 마르듯

잘 개어 놓은
침구류같이 식어 버린 여름
그래도 지구는 아직 흩어지지 않았구나
우리를 품고서

꿈에서는 가족들과 평상에 모여 앉아 수박을 나누 어 먹었다

카운트다운

청춘은 신의 자화상이다

너의 위성과 가장 먼 곳에서 나는 언젠가 스케치하
듯 묻어질 것이다

그러나 모든 변성기는 독립국일까 썩어져 파열하는
세계는 우리의 꽃나무와 대부분 다르고 가끔 비슷하다

꽃은 다 지고 신호탄을 쏘아 올리는 오후

여섯 시를 지나고 있다 전염병들과 몸을 섞어 나가는
사이 몇 명의 위조지폐만 늙고

오래된 불길과 장마가 터뜨려졌다

우리는 영사기를 놓치고 스크린 속 피사체로 기록되
었다 그것은 독립영화였고 크리스마스는 상영되지 않
았다

처음 어울린 헤어스타일을 멋대로 헝클어뜨리는 주
말 수영장 바닥에 옥상이 흩어지고
　지금껏 금요일이나 목요일이고

　저기 봐 야광나무라는 공룡이 있어, 절멸한 백악기가
환하고 이것으로 소설을 적어야겠다, 끝없이 번져 나가
는 것들은 문학도 현실도 아무것도 아니라서 어느덧 익
숙한 봄이나 겨울 같은

　또 다른 여름이고
　훔친 차 위에 주저앉아 죽은 한강을 바라보며 서로의
식물을 잘라 주고 있다 이대로 성장이 멈춰 버렸으면 좋
겠어, 긋는 술병으로 폭파할 정도로 어린 사춘기라 투명
하도록 새하얀 정맥밖에 잡히지 않으며

　아득하고 아름다워

　그렇게 빈 교실에 남아 유서를 긁적거리고 짧은 축제

만 기다리다가 어떠한 것들을 알아 버린다

지금 몇 시야?
네 시……

우리는 말도 안 되는 일이 벌어지고 있다는 사실을
깨닫고
이어서 높은 곳으로 쏟아진 계단을 밟아 오르고
가까워질수록 좁고 가파르다
시계는 돌이킬 수 없는 정오나 자정을 향해서 공전과
자전으로 돌아가고 처음부터 완성되지 못한 시가 있는
데 연인도 아닌 우리는 왜 이곳에 단둘이 남겨졌을까

이토록 높은 곳까지 도착하여 바라보니 교회가 정말
많구나 천국으로 붉고 싶은 사람들인가 보다, 나는 자백처
럼 두려워지고 종교가 없어도 네 손과 어깨를 붙잡아서

지구에 우주들이 머리를 처박는 신기루

팔레트

짖는 소리에 놀란 건 내가 아니었습니다.

담벼락을 포기했을까요. 짖는 소리에 놀란 이가.

노천극장에서 스피커가 터질 듯이 울리고요. 빈자리에 착석하는 사람들이 있습니다.

떠나는 사람들이 있고.

"귀가 찢어지는 줄 알았어."

천변이 찢어지고 난 후의 일입니다.

반려견과 기계 개를 함께 키우는 건 내가 아니었습니다. 산책로에서 개와 개가 교차합니다.

물과 빛이 섞이는 장면을 봅니다.

천변은 아름답군요.

기계 개와 산책하는 노인을 보았습니다.

기계 개에게 이름을 붙여 준 노인을 보았습니다. 영원에 대해 알게 되었다는 말이 들립니다.

기계 개가 짖는 소리에 놀란 건 나의 개였을까요.

나는 혼란 속에 있지 않았습니다.

몸 절반이 빛 속에 있었으니 어둠도 있었습니다.

시티 보이

소년병이 쪼그려 앉아 타이어 바퀴를 훔치고 있다
겁먹은 표정으로

철거된 기념비가 다시 서 있다
광장에
사람들 모여 있다

조부모는 전쟁 통에 태어났다
많은 이가 죽거나 감옥에 갇혀 있었다
모든 게 엉망인 것처럼 보였다
창을 닫으면 그만이었다

지하에는 아이들과 여자들이 숨어 있었다
거의 한 달 동안 굶주린 셈이었다
어둠 속에서
내가 다음이 되겠구나
생각했다

야산에 땅을 깊게 파고
생각을 묻었다
이곳에서 노년을 맞이할 것이다

신의 형상대로 인간을 만드시되
선이 담대하다
배꼽 속에 점이 있어
알고 있었어?

죽어 버린 친구를 생각한다 죽었는지 살았는지 모를
친구를 생각한다*
영원히 남을 그림을 그려 주세요

천장에서 물 내려가는 소리가 났다
대화 중에
물소리가 계속 들렸다
가만히 듣고 있었다
희생이 현실을 바꿀 수 있을까?

광장에
죽은 사람이 가득해
군화가 땅에 닿지 않았다는 이야기

시골에 살았을 때
농민들이 오래된 나무 밑에 둘러앉아
해방에 대하여
토론하는 장면이 떠올랐다

너는 다르다고 생각했어
우는 자와 울음을 참는 자와 울지 않는 자가 있다
출입구에 새의 깃털이 마구 흩어져 있다

지하 일 층이세요?
지금 내려가고 있어요
이상해
생생히 살아 있다는 감각이

웅성거림
당신이 목격자야

바닥에 떨어진 것을 그대로
입에 넣는다

* 김환기(1913~1974).

반사광

사슴을 확실히 눕히는 방법은 뒤를 노리는 것이다. 나는 눈을 가늘게 뜬다. 조금 볼수록 선명해지는 것이 있어요.

"무엇으로 보이나요?" 잉크 얼룩처럼 보였다.

"그렇게 말하면 안 돼요." 나는 하면 안 되는 말을 너무 많이 했다.

방아쇠를 당기면 나뭇가지가 흔들린다. 새 떼가 날아간다. 누가 달려간 걸까? 사냥개는 힘이 세다.

총구에서도 불과 빛이 생긴다.

사라진다.

나의 목소리는 가장 나중에 들린다.

"사슴처럼 보여요." 상담사는 사슴이 아니고 총에 맞

지 않는다.

총구에서 가장 멀리 있는 새가 마지막으로 숲을 떠난
다. 뒤가 위험할 때 총소리는 유용하다.

나는 나의 비명을 가장 먼저 듣는 사람.

골목을 걸으면 뒤를 돌아보게 된다.

we all love young

도서실의 유리창과 대강당의 암막
마르지 않는 수돗가와
운동장과 복도를 달리는 아이들
장마가 지나간 교정
어둡고
아무도 오지 않는 동아리방에서 나란히 잠들고
홀로 일어나면
새하얗게

무수한 나뭇잎 사이로 하품처럼 햇살이 부스러졌
잖아
빈 교실에서도 천천히 말라 가는 교복 위에도

없는 친구들의 마른 얼굴이 사그라지는
언덕 저편 아지랑이야 오후 아래 물들인 머리카락
막다른 계단과
그을린 천장아

여름은

높은 곳에서 돌아가는 놀이기구처럼 우리를 대했지

감정은 언제나 북향으로 머리를 젖혔어 푸른 것이 푸

를 수 없을 때까지

바라보았지 언젠가 각자에게

아무것도 아닐 테니까

그러나 함께라면

무언가 된 것도 같고 어딘가 다다를 것도 같던

우리가 아직 푸른색이었을 때 서로 붙잡지 못한 채

뜻도 없이

울고 웃는 날들이 이어졌어

세계가 계속해서 무너지는 동안에, 사
람들이 계속해서 죽어 가는 동안에, 폐허
가 된 도시에서 "우리는 잘못한 게 없어
요" 하고 어린이가 계속해서 우는 동안에

먼 훗날 거리를 헤매고 있을 때

누군가 내 이름을 불러 준다면

하루 사이 이백여 명의 사람이 숨졌다는 보도

미래를 믿지 않으면 쓸 수 없다고 하는데

고요하다 어제도 오늘도……

네 이름을 소리 내어 부를 수 있다면

리얼리티

꽃잎으로 나비를 만들었다. 붉은 것을 책 사이에 껴넣었다. 지네 한 마리가 옆을 지났다.

땅굴 속 할로겐램프 아래서 기념사진을 찍었다. 겨우 한 사람이 오리걸음으로 통과할 크기였다.

땅 위로 올라온 셋은 모두 전쟁에 참전한 가족이 있었다. 서로 다른 진영에서 복무했다. 소낙비가 퍼붓기 시작했다.

벙커에서는 기록 영화가 상영 중이었다. 셋은 장의자에 앉아 화면에 나오는 사람들을 쳐다보았다.

3부

폭설이에요

이토록 하얗고 차가운 곳을 나 혼자

레이어

네가 나라면 어땠을 거 같아?

소년이 철로를 베고 잠이 들었다

모 시사 프로그램 진행자는 초저가 제품의 시대가 끝나 가는 것이 씁쓸하다고 했다 어떤 노동자가 적은 임금으로 일해야 하는가 부는 어디서 오는가

현실의 문제
인간성 회복

통학 버스 창가에 앉아 거리를 걷는 한 소년을 바라보았다

나는 힘이 없어요 내 손을 놓으세요

그 애는 암 병동에서 일했다 어제 돌봤던 이가 오늘 떠났는데 아무렇지 않다고 했다*

토요일에는 사람들이 죽은 거리를 걸었다 산 사람은 살아야지 아무것도 모르면서 이제 그만해 불어난 강물에 돼지 축사가 잠겼다

그렇게 너하고
흘러가고 있다는 사실

모두가 될 수 있다는 건 아무도 아니라는 뜻이야 미래가 바라는 온전한 인간상이지

가상 현실이 모방하는 현실은 착취와 억압으로 이뤄져 있어

세상이 두려우세요?

나무 구멍 속에 똬리를 틀고
구렁이가 된 소년은

곰곰 생각하며,

마른 가지에 눈동자 같은 싹이 텄다

*그 애를 이해하게 된 것은 몇 년 뒤였다. 한 사람이 감당할 수
있는 죽음의 총량이 정해져 있다면 그때 이미 넘쳤을 거였다.

주마등

날마다 아무 기척도 없이 무언가 멀어지고 있다

그러나 남기고 온 이것을 뭐라 불러야 할까

내 인생은 왜 아직 망하지 않았을까 어쩌면 이미 돌이
킬 수 없는 건 아닐까 도무지 이 꿈은 언제 멈추는 걸까

누가 계속해서 나의 부고를 전한다
내가 끝났다고
그럴 줄 알았으며 차라리 잘되었다 한다
아직 아니다
하지만 좀처럼 눈을 뜨지 못하겠다

공원 곳곳에 녹슬어 망가진 철봉과 벤치처럼 서로를
마주하면 어떻게 해야 하나

스쳐 가는 우리의 뒷모습은 얼마나 머뭇거렸던가

자판기 앞에서
새끼 고양이가 주차된 차 아래로 기어 들어가려다
나를 돌아본다
커피가 다 식을 때까지
오래

오래 다가가면 일어날 것도 같다

연인들

걸음이 빠른 너에게
자주 발목이 꺾이는 너에게

편지를 다 썼다
완벽한 날이었다

이상한 일이 계속됐어
잘 웃는 너는 우는 얼굴이다

심장 밑에는 고향을 떠난 사람들이 모여 산대
파도가 가장자리에 닿고

네가 없으니까 좀 쓸쓸해
기차가 멈췄다

멈춰 있는 기차 안에서
무언가 뛰어든 선로 위에서

모자 쓴 남자가 물었다
그다음은 어디인가요?

한쪽 다리를 잃은 고양이가 몸을 긁고 있다
허공을 핥고 있다

언덕 위에서 사람들을
내려다보고 있다

졸음이 몰려오는데
너는 일어나라고 내 뺨을 때린다

빈집

창백히
환자의 곁에서
기도했다

의원은
이마를 훔치며
검붉은 침을 내려놓았다

식어 버린 손을 붙잡고 축원을 읊다가

흰 눈을 가려 주었다

양아치

열여덟이 되고
목소리를 잃었다

욕을 뱉듯이
교실 문을 밀고 뛰쳐나왔다

함께 음악을 하던 친구는
캐나다로 떠나 마약 사범이 되고
나는
일용직에서 자주 돈을 떼였다

학교 뒤 전봇대에 기대어 버려진
전신 거울 속 내가
갈라졌다

부서진 책걸상처럼
붉은 발로
조용히

견디고 서 있었다

앞으로 걸었다 몇 개의 구름과 몇 개의 여름이 지나
갔다

텔레비전에서 성공한 동갑내기들이
운이 좋았다 말하면 화가 났고

그렇게 사니까 아직도 그 모양 그 꼴이라며
주정하는 동네 형에게 반박하지 못했다

셋집 창으로 비치는
하늘이 너무 높아
형광등이 나가도 괜찮았지만

애인마저 도망치고
다음 날 아침 눈을 뜨자
세상은 캄캄했다

도대체 얼마나 더 제대로 해야 올라설 수 있을까

비룡이발소와 미소다방 사이 웅크려 앉은 무언가 찢
긴 채 시들어 가고 있어서

오후의 햇빛이 눈 안에 한가득

밀려들었다

역사 2

이 섬에는 무덤이 흔하디흔하다

감자밭에도
꽃과 나무에도
마음과 돌
하늘과 바람에도 깃들어 있다

섬뜩하고 아름다운
이미 누군가 다 한 얘기다
……

검문소 차창 너머 빈손들
나란히 가지런히

바닷새가 날개를 펼치고

엉뚱한 바늘로 나를 찌르며
나를 용서하고 싶다

용서받고 싶다

이생은 꿈이 아니고

허와 실
심장은 바른편에 있고

다 말해졌다고 해서
이제 더할 것이 없겠는가

빗속을 걷는 사람들
무덤덤한 파문들
참을 수 없는 것

토실토실한 새가 긴 부리로
그림자 더미를 헤집고 있다

죽은 자에게 음악을

은폐된 사체의 갈라진 틈으로 끝없는 밤, 그러나 너는 내장을 헤집으며 빛에 집착한다.

너무 많은 다족류.

피부가 흘러내린다. 엉겨 붙은 거죽이 그림자가 될 때까지. 푸주칼이 아닌 인간의 손이 너희 머리채를 잡아 심연으로 끌고 간다.

눈이 부실 만큼.

눈이 감길 만큼.

우리는 하나의 꿈 세계를 공유했다.

어린아이의 무릎에도 한 줌의 세계가 있기에, 담을 넘는 넝쿨도 미지와 의지를 이해하기에, 빛이 공간을 박살 내는 동시에 시간에 구멍을 뚫어 놓기에, 병해충이 인간의 공포를 경험하기에, 실종이 멈추기에, 네가 나의 갈비뼈를 열어 연주하기에······

계절이 다시 온다.

포말. 하얀 이. 어깨에서 반짝이는 소금기. 너의 종아
리로부터 악기 하나를 상상한다.

흰 비 아래 능소화 홀로

새벽은
오래된 밤이
검은 피로 젖어 가는
과정이다

덤불에 헝클어진
붉은 꽃처럼

선득히 흐르는 것이 뜨겁다

목을 내놓은 새 떼가 새벽에서 새벽으로 펄펄 날리고

무성 영화

너는 한밤에 폭발하는 폭죽을 본다.

가로등 밑을 봐. 벌레들이 춤추고 있어.

어느 감독이 흑백으로 촬영했다면 함박눈으로 보였
을 것이다.

너는 빛이 두려워 두 눈 감고 어둠 속에 잠긴다.

얼어 죽은 개의 동공이 뒤집혀 있다. 너는 아름다움
에 대해 생각한다.

흰 국화가 시들 때까지

어두운 빈소를 서성였다

사람은 숨 떨어지면 나무둥치나 매한가지라던 목소
리가

값싼 향처럼
빠르게 탔다

내가 묻힐 숲에서

빛을 지우듯

나무 위
새가 잠들어 있었다

꿈에서는 어두운 흙으로 시작해 화사하게 피었다

몽유

너는 가을의 마지막 빛을 바라본다. 유리창에는
가을의 마지막 새. 너는 나무의 낯선 이름을 발음한다.

초원……
먼 옛날 무희들이 춤추고
제를 올렸다던 그 초원에는
뼈 무더기가 종종 발견되고,
나는 백색 꽃에 파묻혀 어둠 속을 헤매었지요.
지속되는 감정의 한가운데에서
나팔 소리를 들었고요. 구도자가 던진
불덩이와 함께 잠에서 깨어났어요.
나는 눈 감고 폐허를 밟는 새를 보았지요

수은등. 너는 뒤뜰에 놓인 두개골을 비춘다.
원예사들이 눈구멍에 꽃을 심었는데 입에서 만개한다.

너는 이유 없이 땅을 파낸다.
구더기가 떼로 기어 다닌다. 너는 손목을 담가 본다.

장작불에서 단조로운 꽃이 피어난다. 너의 잡념은 연기 속으로 사라진다. 돌을 던지면 돌 떨어지는 소리가 들리는 동굴. 종교 없는 곳에서 아름다움을 생각하는 까마귀.

수은등이 꺼진다.
수은등은 매일 밤 사방을 어둡게 만든다.
너는 매일 밤 두 눈을 감는다. 사방이 어두워진다.

내가 속력을 가질 수 있다는 사실이 놀라워요.
나는 얼마나 빨리 달릴 수 있을까요. 내가 흩어질게요. 아메바처럼.
분열할게요. 나의 불안처럼.
폭설이에요. 이토록 하얗고 차가운 곳을 나 혼자 달려갔어요······

눈보라와 마음 진창에서 주워 온 너의 기타는 새를

겨냥한다. 연하장 카드에는 숲이 무성하다. 꽃 더미. 철제 허수아비들이 숲의 구성원에게 질주를 가르친다.

프랙탈

한낮에
별안간 칼이 있다.

빛이 있을 것이다.

생선 대가리 내려치고
근육에 대해 배울 것이다.

창밖으로
개 짖는 소리가 들리면.

개를 갖는다면 골목을 다 내어 줘야지.
개가 자란다면 슬픔을 배워야지.

한낮에
별안간 빛이 있다.

빛 속에 빛이 있다.

그림자가 기울어지고
심연에 대해 생각한다.

질긴 영혼은 무엇일까.

빛, 하고 소리 내어 말하면
빛, 하고 속마음이 따라 말한다.

가끔 다 들킨 기분에 빠진다.

분할 화면

　기적을 이해하는 표정과 신비의 생성을 구현하는 나무와 그늘, 어두운 살의를 조금씩 삼켜내는 나무의 그늘, 바람과 이파리와 질투와 시기를 무분별하게 섞어 흔드는 나무 그늘, 고개 숙인 채로 종료 없는 체념 중인 그늘 속 나무, 절망 나무와 그늘……

　한 그루의 나무와 초원이 잘 어울리고
　너는 그늘 속에서 걸음을 멈춘다.

　소음에는 무게가 없어 가라앉지 않는다. 바위로 바위를 내려찍으면 바위가 떨어져 나간다. 그늘은 잔디 위에 못자리를 잡았으나 너는 이제 퇴장할 시간이라는 걸 알게 된다.

겨울밤

임이 죽어 극락 가면 내 한 몸도 따라가지
사람 생이 봄꿈인데 이 모가지 꺾어 주오*

* 파라솔 아래 200리터 플라스틱 드럼통, 넘실대는 새우젓,
좌판에 밤이 드니 비가 부슬거리고, 빛나는 전등알, 비닐 장
판, 겹겹이 옷 껴입은, 곤히 잠든 할멈의 얼굴이 파카에 파
묻혔다.

장지

바람을 등진 소는
무엇이 그리도 허망한지

오래도록 울었다

아지랑이 사이
사경을 헤아리던 얼굴과

싼값에 맞춰
휘청이던 꽃상여가 떠올랐다

산소 앞에 앉아
빈속으로 소주나 비우고 있자니

햇볕에도 뼈가 짓무르는 것 같았는데

낫을 들고 느릿느릿
풀을 베다가

짐짓 먼 곳을 바라면서,

새 떼도 없이
시든 하늘만 치어다보면서……

교하交河

뒷산 오솔길 아까시나무 참나무
너와 걸은 길 네 이름 따 이름 붙였다

하고많은 계절 지나고
뽕나무 아래 먹구렁이 똬리를 틀고 있었다

오래전 행자行者는 강가의 집을 태웠다
망자들이 나룻배 타고 강을 건넜다는 풍문 들은 적
있다

도토리나무의 말 도토리나무의 생각 헛되고 헛되다
무너진
마음
뒷산 오솔길

네 이름 부르면 축축한 땅
조용해지고

우리에겐 이름 없는 곳이 없었다

남은 자는 떠난 자의 자리를 서성이고

나는 건너갈 채비를 했다

미래 선언

뿔은 미래를 지향하는 창작동인이다. 우리는 미지의
영역, 그러니까 우리 의식의 지평선에 떠 있는 풍경을 본
다. 그것은 두 눈으로 담을 수 있지만 두 손으로 만질 수
없으며, 그렇기에 끊임없는 손짓만 보낼 뿐이다. 모든 미
래는 모든 과거의 일시적인 그림자이며, 모든 과거는 모
든 미래의 모습을 이룬다. 그것이 바다를 바라볼 때 파
도를 만드는 바람을 상상하는 까닭이며, 모닥불을 바
라볼 때 연기와 잿더미를 멀리하지 않는 까닭이다. 미래
라는 등대는 우리가 도착하기를 기다리고 있는 게 아니
다. 등대는 멀지 않은 곳에 있지만, 안개 속에 잠겨 보이
지 않는다. 미래의 언어를 기록한다는 건 단지 현재만을
살아내는 게 아니라 과거와 미래를 동시에 확인하는 일
이다. 또한, 안개 속에서 헤매는 시간이다. 그러다가 안개
밖을 나오는 실천이고, 다시 안개 속으로 스스로 걸어
들어가는 무모함이다. 내부와 외부에 존재하는 신비를
발견하고, 평범한 우연이 행운으로 변모하는 과정을 목
격하고, 그렇게 작은 기적을 믿게 되는 때다.

우리는 짧은 시간 내에 파악할 수 없는 광활한 공간에 있다. 그곳은 가능성으로 가득 차 있지만, 동시에 불확실성의 영역이며 미지의 바다다. 아직 칠해지지 않은 캔버스에 붓놀림을 기다리는 곳이다. 우리는 끊임없이 이해를 추구하기 때문에 미지에 대한 두려움을 가진다. 무한한 바다에서 무한한 자유를 획득하면서도 무한한 두려움을 갖는다. 어둠은 익숙한 세계를 낯설게 만들고 우리를 망망대해에 맴돌게 한다. 지평선은 멀어 보인다. 시간이 지난다. 지평선은 멀어 보인다. 시간이 지난다. 시간이 지나면 언젠가 육지에 도달할 것이라 믿는다. 언젠가 등대에 오를 것이라 믿는다.

그러므로 미래에 대한 우리의 기대는 현재에 대한 희망이며, 마찬가지로 과거에 대한 애도다. 우리는 우리가 등대에 오르게 될 것이라 믿으며 기도한다. 어쩌면 등대는 기대보다 시시할 수 있을 것이고 애초에 등대 자체가 존재하지 않을 수도 있다. 안개 속에 잠긴 빛을 쫓아 도착한 곳에 등대가 아니라 모닥불이 있을 수도 있다. 오직 믿을 수 있는 건 우리가 함께 미지에 다다른다는 것이며, 이 믿음이 우리를 미래로 안내할 거라는 사실이다. 우리의 미래는 전망 좋은 곳에서 바다를 내려다보기 위함이 아니다. 우리의 미래는 더는 익사하지 않기 위함

이다. 누구도 죽지 않는 바다를 상상하는 의지다. 깊이
가 아닌 넓이로 바다를 이해하는 태도다. 스스로 안개
속으로 걸어 들어가듯이 때가 되면 다시 바다에 빠지는
터무니없음이다.*

나의 미래는 분명 내 것인데도 마음대로 되지 않습니다. 그 사실이 종종 나를 슬프게 합니다. 내 미래는 느립니다. 느린 주제에 반성이 없습니다. 문밖을 나설 용기도 없으면서 슬픔만 있습니다. 가끔은 친구들이 문을 두드립니다. 그들은 복도에 서서 나를 기다립니다. 나는 느린 속도로 외출을 준비합니다. 그들을 따라 나갑니다. 그들과 내가 함께 만든 몇 권의 책에는 이런 구절이 있습니다.

뒤돌아봐, 우리가 얼마나 멀리 왔는지.

가짜 마음을 덧칠하면 풍경처럼 미래가 온다

성현아(문학평론가)

어쩌면 너는 예외이자, 꺼지지 않는 빛이 될지도 모른다.[1]

최지인, 양안다, 최백규 시인이 속한 '뿔'은 미래를 지향하는 창작동인이다. '미래'는 아닐 미未에 올 래來자를 쓴다. 이를 직역하면 '오지 않음'이 된다. 그런데 미래의 사전적 정의는 '앞으로 올 때'다. 아직 오지 않았으나 반드시 올 것임을 전제하는 단어인 셈이다. 별다른 행위를 하지 않아도 시간의 흐름에 따라 자연스레 주어지고 말 무엇으로 미래를 여겨 왔다는 점을 알 수 있다. 그러나 예견된 지구의 멸망과 청년 세대의 전망 없음이 이제는 익숙하게 느껴지기까지 하는 절망의 시대에 미래는 그리 쉽게 얻어질 것 같지 않다. 더불어 시제의 측면에서 사유하자면, 이는 언제나 발화의 순간보다 이후에 오는 행동이나 상태가 된다. 언어화됨과 동시에 밀려나고 마는 것이 곧 미래이므로 아무리 정확히 지칭해도 그것은 언제나 미리 와 버린 말의 뒤편에 갇힌다. 그렇다면 언어예술인 시의 입장에서 미래란 담으려 하면 한 걸음씩 뒤로 달아나 버리는 희미한 존재다. 게다가 지금의 청년들

---

1 모리스 블랑쇼, 『최후의 인간』, 서지형 옮김, 그린비, 2022, 125쪽.

은 저출생, 기후 위기, (인간을 대체하거나 폭력과 차별을 일삼는 인간의 방식을 그대로 답습할 것으로 보이는) 인공 지능의 유례 없는 발전과 핵전쟁 등에 둘러싸여 있는 미래 없는 세대라고 불린다. 그러므로 이러한 시대에 청년 시인들이 미래를 의지적으로 추구한다는 것은 일종의 역설처럼 느껴진다. '무지로 미지를 뚫고 나가겠다'[2]는 아이러니, 그것은 어떻게 해야 가능할까?

> 거위가 목 놓아 울고 있다
> 사육장에서
> 전쟁을 원하는 자는 따로 있어
> 북쪽에는
> 북쪽 정서가 있고
>
> 사람들이 기웃대고 있다
> 근린공원 입구에
> 경찰이
> 통제선을 치고 있다
>
> 이곳을 지날 때면
> 언제나
> 널 떠올렸어

---

2 "우리는 삶이 무엇인지 인간이 무엇인지 알 수가 없어요. (…) 그러니 무지로 미지를 뚫고 나가야 합니다."(최지인, 「신세계」, 『당신의 죄는 내가 아닙니까』, 아시아, 2023)

아무것도 달라지지 않는다고 생각하면

별나다 이상하다 난 내가 부끄러워 내 무능을 탓하는
데 세월을 허비했지
그리고 기다렸어
아주 오랫동안

창가에 앉은 두 사람이 말없이 칼국수를 먹는다

아주아주 희미해지면 우리
어떻게 되는 걸까

재난에 대해 말할 때면
숫자가 앞서지

해가 잘 드는 곳에 씨앗을 많이 심었다

천 년 된 나무는 사실 일 년의 삶과 나머지의 죽음으
로 자란 거래 하나의 삶이 얼마나 많은 죽음을 돌보는지
알겠어?

이것 봐

물이끼가 빽빽해

뱀이
수풀 속으로 사라졌다
뱀의 아름다움을 보았다면

—「산책과 대화」 전문

시에는 동사이면서 형용사이기도 한 '있다'가 반복적
으로 쓰인다. "거위가 목 놓아 울고 있다", "전쟁을 원하
는 자는 따로 있어", "북쪽에는/북쪽 정서가 있고", "사람
들이 기웃대고 있다", "근린공원 입구에/경찰이/통제선
을 치고 있다". 이는 모두 현재 시제로 기록된다. 거위의
울음과 전쟁을 원하는 자들, 북쪽의 정서와 사람들의
기웃거림, 경찰들이 치는 통제선. 모두 화자가 인지하거
나 보고 있는 대상이지만, 화자와 거리감이 있다. 화자
는 거위가 우는 경위를 알 수 없으므로 달래 줄 수도 없
다. 그는 전쟁이 시작된다면 여지없이 휘말릴 존재이겠
으나 그러한 전쟁을 원하여 계획하고 실행하는 자들은
언제나 따로 있기에 이를 저지할 수 없다. 어떤 지역에는
그 지역만의 정서가 있고 화자는 그에 깊이 관여할 수
없으므로 그것을 다 이해할 수 없다. 사람들이 몰려들
어 기웃대고 경찰은 통제선을 치는 것으로 보아 "근린공

원 입구"에서 끔찍한 일이 일어난 듯하지만, 화자는 사건과 무관해 보인다. 화자는 자신이 개입할 수 없는 일들을 그저 목격하고 간략히 언급할 뿐이다.

반대로 화자가 하는 행위들은 과거를 나타내는 선어말 어미 '었'을 활용하여 서술된다. "이곳을 지날 때면/언제나/널 떠올렸어", "그리고 기다렸어/아주 오랫동안", "해가 잘 드는 곳에 씨앗을 많이 심었다". 이는 모두 과거로 표현되었지만 오히려 미래를 기약하는 행위들이다. 특정 장소를 지날 때면 너를 떠올렸다고 말하는 '나'는, 그 행위가 반복될 것임을 암시한다. 그 계속성은 "언제나"라는 부사로 담보된다. 이는 이후에도 이어질 습관이므로 미래를 소환한다. 더불어 그는 기다렸다고 고백한다. 목적어가 부재하지만, 그 대상은 아마도 자기 무능을 탓하며 시간을 허비하는 '나'를 긍정적인 방향으로 이끌어 줄 미래의 '너'일 것이다. '너'라는 인격체로 형상화된 이상적인 미래일 수도 있다. 이때도 과거형으로 표현되지만, 기다림이 부재하는 대상의 귀환과 같은 변화를 기대하는 태도라는 점, "아주 오랫동안"이라는 말이 연속성을 강조한다는 점을 고려하면 이 또한 미래와 연결된다. 씨앗을 심은 것 역시 과거에 행해진 일이지만, 볕이 잘 드는 곳에 심긴 씨앗들은 아직 오지 않은 시간에 싹을 틔울 것이다. 이와 같은 행위들은 폴리스라인과 곡성이 환기하는 폭력적인 현시대이자 죽음마저 수량화하는 비정한 현실에서 벗어난 미래를 그려 볼 수 있게 만든다. 더군다나 화자의 행위들은 이미 행해진 것으로 그려지므로, 이는 다른 미래를 불러오리라는 확실한 예언으로 작용한다. "아무것도 달라지지 않는다고 생각하면"하고 가정하는 화자는 수없이 아무것도 바꿀 수 없다고 좌절했던 사람 같다. 그러나 그는 이 문장을 변주해낸다. "뱀이/수풀 속으로 사라졌다"는 이미 종결된 사건에 사족처럼 "뱀의 아름다움을 보았다면"이라는 단서를 달아줌으로써 맥락이 달라질 수 있다는 가능성을 제기한다. 뱀이 사라졌다고 하더라도 그 존재가 지닌 아름다움을 목격했다면 우리는 사라짐 이후를 이어 쓸 수 있다.

그렇다면 세 시인이 아름다움에 대해서 끊임없이 생각하는 이유는 미래가 사라졌다고 하더라도 아름다운 미래를 함께 상상할 수 있다면 그것을 재건할 수 있다는 희망을 전하기 위해서일 테다. 씨앗을 심고 그것이 "천 년 된 나무"가 되는 과정을 헤아릴 수 있다면, 아직 주어지지 않은 아름다움을 떠올릴 수 있다면, 다른 미래를 가꿀 수 있음을 이야기하는 것이다. 이러한 메시지는 "천 년 된 나무"가 "사실 일 년의 삶과 나머지의 죽음으로 자란" 것임을 알게 된 화자가 이를 사유하는 방식에서도 잘 드러난다. 그는 죽음의 비율이 더 높은 대상이라 할지라도 그것을 죽은 것으로 간주하지 않는다. 단지 "하나의 삶이 얼마나 많은 죽음을 돌보는지", 그래서 그 삶이 무엇까지 해낼 수 있는지를 알려 주고 싶어 한다. "슬픔이 현재라면 그 슬픔에서 벗어나고자 하는 힘으로 미래로 가는 것 같다"[3]는 동인의 말을 우리는 어렴풋이 이해하게 된다. 눈여겨볼 점은 이 시의 제목이 '산책과 대화'라는 점이다. 산책은 더 많은 것을 둘러볼 수 있게 만들며, 대화는 그것을 나누어 멀리까지 닿을 수 있게 한다. 시집 『너는 아름다움에 대해 생각한다』에는 산책자가 여러 번 등장한다.

오랜만에 바깥을 걸었다. 발에 대해 조금 알게 되었고.

바깥에 대해 조금 알게 되었다. 계절이 바뀌고 이제 사람들은 피부를 드러내지 않았다.

발이 작아진 걸까. 맞지 않는 신발을 신은 것처럼. 사람들과 걷는 것처럼.

음악을 듣지 않았는데 귀가 자랐다.

한낮에는 빛이 많았다. 바깥이 무성했다.

---

3 「슬픈 취향의 공동체 시 창작동인 뿔」, 《theSEOULive》, 2020.8.5.

아무도 나를 쳐다보지 않았지만 나는 모든 것을 보고
있었다.

—「회복」 전문

'나'는 "바깥"을 걸으며 바깥에 대해 알아 간다. 화자
가 깨닫게 된 바깥의 가장 뚜렷한 속성은 그것이 "무성"
하다는 것이다. 바꿔 말하면, 화자가 탐구할 바깥이 무
궁무진하다는 뜻이 된다. "아무도" 자신을 알아 가려고
하지 않을 때도 "나는 모든 것을 보고" 있다. 이는 화자
의 태도이자 시인의 결의다. 이때 산책은 '나'에게로 몰입
하기 위한 수단이 아니라 '나'의 바깥으로 확장되기 위
한 여정이 된다. 세 시인은 계속 보고 있다. "푸른 것이 푸
를 수 없을 때까지/바라보았지"(「we all love young」). "물
속에서 빛이 너울대는 해면을 바라보았네"(「작은 숲에
서」). "보고 있습니다/보고만 있어요"(「미래 서사」). 오래
도록 거닐며, 더 많이 보고 더 많은 존재에게 다가서려
한다. 타자를 들여다보는 성실한 산책자이기를 자처한
다는 것은 이들이 기다리고 소망하는 미래가 개인적인
것만이 아님을 시사한다. 독특한 점은 그 역도 성립한다
는 점이다. '나'만의 미래를 구축할 수는 없어서 더 많이
보려 하는 이들은 반대로 더 많이 보았기 때문에 '우리'

의 미래를 그려야 한다고 다짐하게 되기도 한다.

> 너는 연못 주변으로 앉아 있는 사람들을 본다. 너는 침
> 수에 대해 생각한다. 너는 연못 저 깊은 곳에서 잠든 오래
> 된 잉어에 대해 생각한다. 그 잉어는 너무 많은 동전을 삼
> 킨 뒤다. 그 잉어는 너무 많은 소원을 토해낸 뒤다. 과거
> 사람들은 연못에서의 소원을 잊은 지 오래다……
> ──「2인칭」부분

모든 소원이 같지는 않겠으나 소원은 대체로 누군가
를 위하는 긍정적인 내용으로 구성된다. 그러나 연못에
동전을 던져 소원을 비는 관습적인 행위는 소원과 무관
한 "잉어"를 죽음으로 내몰게 된다. 인간 아닌 것(이때는
인간 범주로 포함되지 않았던 인간 존재들도 포괄할 수
있을 것이다)에 대한 폭력은 일상에 자연스레 녹아 있
다. 휴머니즘은 인간적인 다정과 사랑을 강조하기에 여
전히 긍정되지만, 그 어원 격인 '인간다움humanitas'이 이
방인과 문명인을 구별 지어 타자를 야만으로 간주하기
위해 고안된 단어이듯, 온정을 베풀 대상은 늘 선별된
다. 시는 그 서늘한 간극까지 사유하게 만든다. 세 시인
은 아름다움을 끊임없이 찾아 나서면서도 어떤 아름다
움은 누군가를 죽게 만든다는 잔인한 비밀까지 빠짐없

이 목도하려 한다. "두 번 다시 누군가 죽는 시는 쓰고 싶지 않다"(「몇 개의 여름이 지나가고」)는 소망은 죽음을 목격하지 않을 때에야 이루어질 것이다. 아름다움의 양면성을 세심하게 관찰하면서도 이에 그치지 않고 스스로 아름다워지려고 하는 이유가 바로 여기에 있다. 그래야만 미래를 불러올 수 있기 때문이다. 죽음의 그림자를 늘어뜨리지 않고도 아름다울, 새로운 미래 말이다.

구름 그림자가 테니스 코트를 서서히 칠하고 좋아하는 아티스트의 신곡이

바닷바람에 스러지지 어설프게 탄 피부를 식히고 있어 옅은 색 머리카락이 날려 기온마저 쉬어 가는 기분으로

청량음료에 가득 채운 얼음과 하릴없이 부딪히는 한낮을 마시며

수학여행을 떠나온 중학생같이 시푸른 평일이야

해변 도로를 가로질러 무단횡단하고

우리는 캐딜락이 비행하는 뮤직비디오와 함께 자랐으

니까 어깻죽지를 보닛처럼 돋운 채 백사장을 어지르다

쓸려 가

흰 새와 검은 새로 나란히 날아가자

살아서 안을 수 없을 지난여름도 해마다 부서질 걸 다
알면서 헤엄치고 있었지

등대가 너의 송곳니를 비출 때까지
                    —「아름다운 건 우리의 버릇」 전문

　푸르지만 그만큼 쉬이 무르는 "여름"은 세 시인에게
는 청춘의 다른 이름이다. 빛나는 시절마저 "부서"지고
"쓸려" 갈 것을 알면서도 버릇처럼 아름다운 '우리'는 여
름을 다 품으려는 듯이 "헤엄치고 있"다. 이는 역시 과거
시제로 서술된다. 시인은 아직 오지 않은 듯한 시기를
기한으로 제시하여 그 행위가 미래로 이어지리라는 것
을 암시한다. 그러므로 시효를 정하는 마지막 행이 중요
해진다. 시인은 통상 넓은 시야를 확보해 주는 역할을
하는 "등대"가 "너의 송곳니"와 같이 국소적인 부분을
깊이 들여다볼 수 있도록 "비출 때까지"라고 말한다. 마

주한 '너'의 사소한 어둠과 맑은 내부를 살피는 일을 무엇보다 우선시하는 것이다. 그러므로 시는 지극히 개인 사적인 일로 수렴되는 듯 보이기도 한다. 하지만 "수학여행을 떠나온 중학생"과 "바닷바람"이 환기하는 세월호 참사의 이미지가 시 전반에 드리우며 이는 공동체의 서사로 도약한다. 나아가 시집 전반에 계속해서 틈입하는 전쟁과 재난의 잔상, 폭력의 파편들로 인해 국가적인 성격마저 넘어선다. '아름다운 건 우리의 버릇'이라는 제목의 '우리'는 "백사장을 어지르"듯 뒤엉키며 무한정 넓어지고 누구라도 자기를 대입할 수 있는 너른 품이 된다.

여기에 세 시인의 우정에 기반한 낭만적인 교류, 즉 어떤 방식으로든 깊어지면서 폐쇄성을 띨 수밖에 없는 상호 영향적 창작의 한계를 극복하는 열쇠가 있다. 세 시인이 단단히 결속하면서도 (이들을 바라보는) 외부의 시선밖에 가질 수 없는 독자들까지 직접적인 관계자로 호명해낼 수 있는 가능성이 바로 이 '틈입'에 있다. 세 시인의 시는 모두 내부의 균열을 지니고 있고, 서로의 시가 서로의 어긋남이 되어 주기에 그 틈은 배가된다. 이 시집은 개별 시편의 창작자를 지우고서 시집 전체가 한 편의 시로 읽히도록 유도한다. 내포 저자를 통합된 한 사람으로 상정하게 만들기에 동일한 시어는 같은 의미로 읽혀야 하지만, 이마저도 조금씩 어긋나 있다. 약간씩 다른 감각을 지니게 되는 '빛'과 '여름', '아름다움'과 같은 시어들은 중첩과 분리를 반복하며 갈라진다. 그러므로 이들의 길항과 교차는 탈–결속하며 확장성을 획득한다.

프랑수아 줄리앙은 합치에 내재한 불일치에 주목하여 이에 균열을 내고 고정된 질서를 내부에서 해체하는 작업을 '탈합치'라고 명명했다.[4] 이는 합치된 상태가 암묵적인 종속 상태임을 자각하고 그에 간극을 도입함으로써 통합성에 균열을 내는 방식이라 할 수 있다. 아름다운 풍경을 미학적으로 묘사하는 시편에 폭력과 죽음의 이미지가 난입하도록 만들어 균열을 내는 세 시인은, 서로의 시편마저 미묘하게 어긋나도록 만듦으로써 그러한 분열을 극대화한다. 그러면서도 이를 한 권의 시집으로 묶어내어 읽는 이로 하여금 그 괴리를 이질적으로 느끼게 한다. 그렇다면 이들의 결속은 계속해서 탈합치하며 좀 더 근원적인 균열, 즉 적합해 보이는 지배 이데올로기의 부적합성을 사유하도록 이끄는 것이 된다. 프랑수아 줄리앙은 이데올로기를 직접적으로 규탄하는 일은 반작용에 불과하며 결과적으로 비판하려는 대상에 매인 다소 순진한 행위가 된다고 지적했다. 그러므로 탈합치가 더욱 생산적이고 실천적인 전략일 수 있다는 설명이다. 이는 폭력의 연쇄가 떠받치는 자본주의 세계에 직접적으로 분노하지 않는 뿔 동인의 방식이기도 하다.

---

4   프랑수아 줄리앙, 『탈합치』, 이근세 옮김, 교유서가, 2021, 16~24쪽.

최백규 시인과 최지인 시인이 더는 저항의 동력이 되기 어려운 분노에 기반한 돌파보다 효과적인 묘파 방식을 고안한다는 점을 논증한 적이 있다.[5] 최지인의 시집 『당신의 죄는 내가 아닙니까』(아시아, 2023)의 해설을 쓴 고명철 평론가 또한 시인이 '분노의 정념'보다는 '쓸쓸함'을 저항의 감응력으로 삼고 있음을 짚어냈다. 양안다의 시집 『숲의 소실점을 향해』(민음사, 2020)의 해설을 쓴 박동억 평론가는 양안다 시 속의 머뭇거림에 담긴 진실함을 높이 평가하는데 이 또한 즉각적인 반응과는 거리가 있어 보인다. 『백야의 소문으로 영원히』(민음사, 2018)의 해설을 집필한 박상수 평론가는 양안다 시에 나타난 비현실감이자 흐릿한 존재감에 주목하고 있으며, 『천사를 거부하는 우울한 연인에게』(문학동네, 2023)의 해설을 쓴 윤의섭 시인 또한 그가 꿈에 머물며 이를 현실화하려는 작업에 열중한다고 진단한다. 이는 폭압적인 현실에 직접적으로 분노하는 방식이라 보기 어렵다. 최백규 시집 『네가 울어서 꽃은 진다』(창비, 2022)의 해설을 쓴 박상수 평론가 또한 시집에 반발심과 저항감이 드러난다는 점을 짚으면서도 그것이 전부일 수는 없다고 생각하는 시인이 사랑으로 선회하는 과정에 더욱 집중한다.

각각의 이유로 이들은 직접적인 분노를 표출하지 않는다. 최지인 시의 '나'들은 자기보다 더욱 참혹한 처지

---

5 성현아, 「자본주의에 대처하는 우리의 자세-최백규와 최지인이 노동과 우울을 그리는 방식에 대하여」, 《창작과비평》 2022년 여름호.

에 놓인 이들 앞에서 자신은 충실한 목격자이자 은밀한 공모자에 불과하기에 함께 화낼 수 없다. 그러한 태도에는 자신이 감히 분노의 당사자일 수 없다는 겸허한 판단이 전제되어 있다. 최백규 시의 '나'들은 이미 훼손된 세계에서 자신마저 망가져 버렸기 때문에 분노할 수 없게 되어 버렸음을 피력한다. 이는 '나'의 우울과 침식이 개인적 비극이 아님을 드러내는 효과적인 방식이 된다. 양안다 시의 '나'들은 분노를 표출해야 할 대상으로서의 세계와 분리되어 한정된 공간에 유폐되었기 때문에 그것이 불가능한 상태다. 그러나 그 단절을 의도하는 주체가 '나'이며 이를 극복해야 할 부정적인 것으로 인식하지 않는다는 데 양안다 시의 내력耐力이 있다.

이러한 창작 전략은 청년 주체의 무력함만을 지적하는 단선적인 시선에 대한 반박이 된다. 세 시인은 부조리와 불합리, 폭력과 배제, 차별과 혐오와 불화하지만, 그것을 직접적으로 비판하는 방식이 아니라 이를 집요하게 목격하는 방식으로 대응한다. 더불어 하나의 공동체로 결속되는 일을 지연시키며 틈을 벌리어 '너'의 참여를 기다린다. 이는 청년 시인들의 소극적이고도 무기력한 몸짓이 아니다. 나만의 미래가 아니라 우리 전부의 미래를 회복하려는 열기이다. 이들의 복잡한 얽힘은 하나의 아름다운 그림으로 완성되지 않는다. 숱한 빈칸을 품고서 아름다운 미래를 그리려는 '팔레트'가 된다. 미래를 지향한다는 '뿔'이 소원하는 미래를 불러오기 위해서는 시집에 담긴 균열을 열린 공간으로 느끼며 다가와 색다른 빛으로 채워 줄 타자들이 필요한 것이다. 그러므로 "영원히 남을 그림을 그려 주세요"(「시티 보이」)라는 요청은 시집 안에서 종결될 수 없다. 그 부탁을 들어줄 제삼자, 즉 시에 감응한 이들이 연결되어 덧칠에 함께할 때만 가능해진다. "당신이 목격자야"(「시티 보이」)라는 말은, 방관해서는 안 된다는 책임감을 되새기는 혼잣말이자 자신을 향한 경고이면서 시를 읽는 이들에게로 옮아갈 전언이다. 전망 없는 이 세계에서 미래를 가꾸어 나갈 유일한 방식은 너와 함께 아름다움을 만들며 아름다워지는 것뿐이다. 이때 그 아름다움의 진정성과 실현 가능성을 의심하는 일은 부차적인 문제에 불과하다.

너의 방은 레바논에서 자란 나무들의 집합, 헐벗은 조각상의 아라베스크, 눈먼 이의 심장.

너의 개는 몽상처럼 누워 있다.

너는 아름다운 것을 만들었다. 가짜 마음은 거짓말과 다르다.

너의 개는 거울 속에서 반대로 누워 있다. 미치지 않은 풍경이 싹둑싹둑 잘려 나갔다.

—「인공 정원」 전문

'인공 정원'이 영원한 안식처가 되어 줄 수 없으리라는 것을 우리는 안다. "풍경이 싹둑싹둑 잘려" 나가고, "너의 개"는 꿈처럼 헛되이 누워 있다. 그러나 "너는 아름다운 것을 만들"고 있다. 그것이 비록 진짜가 될 수 없는 "가짜 마음"에서 비롯한 것이라 하더라도 억지로 꾸며낸 거짓된 낙관은 아니다. 꿈에서 보았던 "선하게 펼쳐진 낙원을 덧그리려"(「스무 살」) 한다면, 이는 실패하고 말 것이나 불완전하게나마 아름다운 미래를 반복적으로 덧칠하고 계속 꿈꾸는 일, 실현되지 않았으므로 가짜 마음으로 치부되는 진심을 매일 같은 온기로 품어 보는 일은 끝나지 않는다.

그렇습니까. 창문이 풍경을 잃으면 벽이 된다고. 너는 너의 결함이 담긴 상자를 찾으려 애쓴다. 태양의 빛이 두꺼비를 삼키는 게 아니라 반대로 그러하듯이. 너는 사람들에게 바보처럼 보이길 좋아한다. 나의 경험에 따르면 너는 지혜가 있음에도 불구하고. 불투명한 창문 위로 빛이 번진다. 하나의 빛이 여러 색채를 가진다. 잔을 비우고 취할 때면 눈 닿는 곳마다 무지개가 떠 있다. 너는 그것이 무슨 소리냐고 묻는다. 그것을 잘 볼 수 있음에도 불구하고.

—「환」전문

"창문이 풍경을 잃으면 벽이 된다". 그러므로 세 시인은 미래의 풍경을 매일같이 그려 넣는다. 막힌 벽을 여는 것은 강한 힘이 아니라 부드러운 덧칠임을 알고 있기 때문이다. 제목인 '환'은 아무렇게나 마구 그리는 그림을 일컫는 단어다. 가짜 마음을 덕지덕지 칠한 그림은 재난과 근심(환, 患)이 가득한 현재를 뛰어넘어 미래를 이을 고리(환, 環)를 만든다. 이때 "하나의 빛이 여러 색채를" 얻어 불꽃(환, 煥)처럼 피어오르게 되고, 비로소 세계는 환해진다. "너는 그것이 무슨 소리냐고" 구태여 묻는다. 빛을 "잘 볼 수 있음에도" 그 다채로운 빛에 관해 '나'의 목소리로 다시 듣고 싶기 때문이다. 소리 내어 아름다움을 나누는 일은 서로에게 미래에 대한 확신을 안겨 준다.

세 시인이 계속해서 호명하는 '너'는 미래의 현신이자 시집을 펼친 당신이다. 너 없이 미래가 없는 게 아니라 '너'가 곧 미래인 것이다. 뿔 동인의 첫 시집 제목이 '한 줄도 너를 잊지 못했다'였던 것은 우연이 아니다. 이들은 '너'가 없으면 쓸 수 없고 쓸 이유도 없다.

미래를 믿지 않으면 쓸 수 없다고 하는데

고요하다 어제도 오늘도……

네 이름을 소리 내어 부를 수 있다면

        —「세계가 계속해서 무너지는 동안에…」부분

    시인은 "어제도 오늘도"라고 말한 후 말끝을 흐린다. 차마 '내일도'라고 말하지 못한다. 줄임표 속에 아직 말해지지 않은 "네 이름"은 네가 다가와 다정하게 일러 줄 때 마침내 소리 내어 부를 수 있게 된다. 시집을 연 우연한 손길이 시집에 쓰인 말들을 덧칠하는 손짓이 될 때, 우리의 어지럽고도 아름다운 미래가 풍경처럼 돋아날 것이다.

너는 아름다움에 대해 생각한다

2024년 8월 10일 1판 1쇄 펴냄

지은이   창작동인 뿔
펴낸이   김성규
편집   김안녕 조혜주 한도연
디자인   신혜연
펴낸곳   걷는사람
주소   서울 마포구 월드컵로16길 51 서교자이빌 304호
전화   02 323 2602
팩스   02 323 2603
등록   2016년 11월 18일 제25100-2016-000083호

ISBN 979-11-93412-46-6 04810
ISBN 979-11-89128-01-2 (세트)

* 이 책 내용의 전부 또는 일부를 재사용하려면 반드시 지은이와 출판사의 동의를
  얻어야 합니다.
* 잘못된 책은 교환해 드립니다.

1부

작은 숲에서　　　　　　　　　　　　　최지인

오브제와 너　　　　　　　　　　　　　양안다

산책과 대화　　　　　　　　　　　　　최지인

백치와 드릴　　　　　　　　　　　　　양안다

로즈　　　　　　　　　　　　　　　　　양안다

흰　　　　　　　　　　　　　　　　　　최백규

겨울 영혼　　　　　　　　　　　　　　최지인

첫　　　　　　　　　　　　　　　　　　최백규

인공 정원　　　　　　　　　　　　　　양안다

여름 영혼　　　　　　　　　　　　　　최백규

미래 서사　　　　　　　　　　　　　　최지인

회복　　　　　　　　　　　　　　　　　양안다

프리즘　　　　　　　　　　　　　　　　양안다

2인칭　　　　　　　　　　　　　　　　양안다

몇 개의 여름이 지나가고　　　　　　　최백규

해변에서　　　　　　　　　　　　　　　최지인

리버스　　　　　　　　　　　　　　　　양안다

2부

사랑은 여름의 천사　　　　　　　　　　최백규

스무 살　　　　　　　　　　　　　　　최백규

환　　　　　　　　　　　　　　　　　　양안다

맥시멈　　　　　　　　　　　　　　　　양안다

하목과 샤흡　　　　　　　　　　　　　최지인

영원　　　　　　　　　　　　　　　　　최백규

네가 너에게 너의 얼굴을 마음을　　　　양안다

아름다운 건 우리의 버릇　　　　　　　최백규

한　　　　　　　　　　　　　　　　　　최백규

동시대   최지인

다음 미래   양안다

혼   최백규

카운트다운   최백규

팔레트   양안다

시티 보이   최지인

반사광   양안다

we all love young   최백규

세계가 계속해서 무너지는 동안에……   최지인

리얼리티   최지인

3부

레이어   최지인

주마등   최백규

연인들   최지인

빈집   최백규

양아치   최백규

역사 2   최지인

죽은 자에게 음악을   양안다

흰 비 아래 능소화 홀로   최백규

무성 영화   양안다

흰 국화가 시들 때까지   최백규

몽유   양안다

프랙탈   양안다

분할 화면   양안다

겨울밤   최지인

장지   최백규

교하   최지하